Il Gioco della Svestizione

Collezione di dominazione erotica

Erika Sanders

ERIKA SANDERS

Il Gioco della Svestizione

Erika Sanders

Serie
Collezione di dominazione erotica

Sinossi

La protagonista di questa storia va a una festa con alcuni amici accompagnata dal suo fidanzato Paul.

La festa continua come qualsiasi altra festa finché non scopre che diverse persone entrano da una porta e non ne escono più.

Superando la sua curiosità, entra dalla porta e scopre che la stanza è piena di uomini e donne, ridendo senza sosta, e guardando verso il centro della stanza dove un ragazzo ha una scatola con delle carte ...

Il Gioco della Svestizione è una storia con un forte contenuto BDSM erotico e, a sua volta, appartiene anche alla raccolta Erotic Domination, una serie di romanzi ad alto contenuto BDSM romantico ed erotico.

(Tutti i personaggi hanno 18 anni o più)

Nota sull'autrice:

Erika Sanders è una nota scrittrice internazionale, tradotta in più di venti lingue, che firma i suoi scritti più erotici, lontani dalla sua prosa abituale, con il suo nome da nubile.

Indice:

IL GIOCO DELLA SVESTIZIONE
ERIKA SANDERS

Paul ed io eravamo andati a una festa data da suoi amici.

Non conosceva quasi nessuno, ma sembravano un bel gruppo.

Paul si è scusato e ha iniziato a parlare con alcuni compagni di squadra che non vedeva dalla fine della gara, quindi sono rimasto solo.

Mi versai un po 'di sangria e cominciai a bere con calma, cercando qualcuno che conoscevo.

Tutti erano impegnati a parlare con qualcuno e lui non voleva interrompere nessuna conversazione.

All'improvviso, ho visto un paio di persone scivolare attraverso la porta in fondo alla stanza.

In poco tempo entrarono anche altre tre persone.

Poi ancora uno.

Era troppo per la mia curiosità, quindi ho deciso di vedere cosa stava succedendo lì dentro.

Ho aperto la porta e ho visto un folto gruppo di persone guardare verso il centro della stanza.

Mi sono alzato in punta di piedi per vedere cosa stavano guardando e ho scoperto un ragazzo sui vent'anni seduto su un tavolo con una scatola piena di cartoncini in mano.

La gente rideva incessantemente e questo ha stuzzicato ancora di più la mia curiosità.

Ho deciso di chiedere a qualcuno di scoprirlo.

Ho dato un colpetto sulla spalla a una ragazza di fronte a me.

"Ehi, scusa. Cos'è tutto questo? Chiesi, alzando la voce al di sopra delle risate.

"Stiamo giocando" Hai il coraggio? " "Mi ha risposto" Vuoi giocare?

"Non so giocare" ho detto.

"Non importa, te lo spiego subito", esclamò, vedrai com'è facile. Quando arriva il tuo turno devi scegliere una carta dalla scatola che porta il "moderatore" del gioco, che è il ragazzo sul tavolo. C'è una "sfida" scritta sulla carta che devi affrontare. Se decidi di non ottemperare, devi pagare un impegno. Devi toglierti dei vestiti.

" Capisco. Ecco perché c'è quello lì senza maglietta "dissi indicando un uomo che rideva. "

"Questo è tutto" ha risposto "È che suoniamo da un po'. Oltre a ciò ci sono altri che hanno già pagato un pegno. Quella ragazza è già in mutandine e ho dovuto togliermi le scarpe ".

Ho guardato i suoi piedi e ho visto che diceva la verità.

Sorrisi, lo ringraziai e uscii dalla stanza.

Ho cercato Paul per chiedergli se voleva entrare e giocare con me.

"No tesoro" rispose "Vedi se vuoi, sto parlando con degli amici dell'università."

Sono entrato da solo.

Mi hanno detto che per entrare nel gioco dovevo prima dirlo al moderatore.

L'ho fatto e quando è stato il mio turno ho tirato fuori una carta.

"Con una benda sugli occhi, bacia tre membri del sesso opposto e poi indovina chi è chi."

Hanno scelto tre uomini e mi hanno bendato gli occhi.

Il primo sembrava che volesse raggiungere le mie tonsille con la lingua.

Il secondo ha usato meno la lingua, ma ha passato quasi un minuto a massaggiarmi il culo mentre mi baciava.

Anche il terzo ha usato molto la lingua e non solo mi ha massaggiato il culo, ma mi ha anche accarezzato le tette.

Li ho lasciati fare perché se avessi fermato qualcuno di loro mi avrebbero eliminato.

Mi sono tolto la benda e ho colpito tutti e tre, uno per la barba e gli altri due per l'altezza.

Quando è stato di nuovo il mio turno, c'era già una donna in reggiseno e mutandine e un uomo in mutande.

Ho preso una nuova carta.

"Dovrai mostrare la tua biancheria intima a chi può abbinare il suo colore. Tre persone possono testare."

Che sfortuna! Indossava un reggicalze e mutandine nere abbinate.

Sicuramente qualcuno penserebbe di dire quel colore.

Ma la cosa peggiore era che le mutandine erano trasparenti e potevo vedere tutto attraverso di esse.

Perché non avrei indossato le mutandine bordeaux?

Hanno scelto altri tre uomini.

Il primo ha detto che non indossava nulla.

Ho riso e gli ho detto che aveva fallito.

Il secondo ha detto che era nero.

Bingo! Hai capito bene!

Gli ho detto di voltarsi e di sollevare il mio vestito in modo che solo lui potesse vederla.

Vedendomi, fischiò con gratitudine.

Il moderatore del gioco ha detto che da quando avevo perso ho dovuto togliere qualche indumento.

Con un gesto sensuale ho messo le mani sotto la gonna, ho abbassato le mutandine e le ho appese alla gruccia con il resto dei vestiti che gli altri si erano già tolti.

Al turno successivo, due uomini hanno perso i pantaloni e una donna il reggiseno, e due persone hanno lasciato il gioco con solo dieci persone rimaste.

La donna in topless ha ricordato al gruppo che non avevo fatto lo stesso numero di test del resto delle persone e ha suggerito che avrei due test extra per mettermi sullo stesso livello degli altri.

La gente ha ignorato le mie proteste e rapidamente ha votato per darmi due test extra di seguito.

Ho tirato fuori la prima carta.

"Togliti il reggiseno senza aprire nessun bottone sul vestito o sulla camicetta."

Quando il mio reggiseno si è aperto sul davanti, l'ho aperto senza problemi e ho passato un lato sotto ciascuna delle mie braccia.

Nel frattempo, tutti mi fissavano e ho sentito alcune persone commentare che tutto era trasparente per me.

Il moderatore ha detto che una delle regole del gioco vietava di indossare nuovamente qualsiasi indumento.

Ho preso una nuova carta.

"Scegli tre persone dello stesso sesso con il gioco di paglia. Un bacio alla francese che dura almeno un minuto."

Ho rotto tre fiammiferi, li ho mescolati con pochi altri e li ho passati in giro in modo che ogni donna potesse sceglierne uno.

Colui che ha ottenuto uno dei tre fiammiferi rotti avrebbe un premio.

Joanna, una ragazza dai capelli rossi sulla ventina, un corpo dalle curve perfette e un po 'più bassa di me, è stata la prima a tirarne fuori uno.

Rise e disse che era sempre stato bravo in quel gioco.

Mi ha fatto sedere in ginocchio e il moderatore mi ha ricordato che se avessi interrotto il bacio avrei perso la sfida.

Joanna iniziò a baciarmi con grande determinazione e, sapendo che non avevo niente sotto i vestiti, prima mi accarezzò il seno e poi fece scivolare una mano sotto la mia gonna, lasciandola appena sopra il mio pube, giocando con il mio clitoride.

Ho sopportato il bacio, ma non potevo continuare a sedermi con quelle mani esperte sul mio clitoride.

Sapientemente, mi ha fatto raggiungere un orgasmo, mentre io mi dimenavo in ginocchio.

Quando ho interrotto il bacio, il gruppo ha applaudito e ho visto che erano passati sei minuti.

Joanna ha tenuto ancora la sua mano sulla mia figa palpitante per un momento e poi mi sono alzata.

Tuttavia, non ha smesso di premere su di lui fino a quando non ho fatto alcuni passi.

Il mio respiro era veloce e ho iniziato ad aspettare che tornasse il mio turno.

Un uomo ha perso i suoi boxer rivelando un grosso cazzo duro.

Una seconda donna ha perso il reggiseno.

La donna che non aveva più il reggiseno ha perso la gonna, senza lasciare nulla.

Mi chiedevo cosa sarebbe successo se avessero perso di nuovo.

Paul ha scelto questo momento per entrare nella stanza.

Il moderatore gli ha chiesto se voleva restare.

Ha dato un'occhiata alle tette delle due donne e non ha esitato a dire di sì.

Gli dissero che doveva accettare cinque sfide se voleva restare.

Ha tirato fuori la sua prima carta.

"Con una benda sugli occhi, bacia tre membri del sesso opposto e poi indovina chi è chi."

Io ero la seconda e Joanna la terza.

Ho massaggiato Paul come aveva fatto la prima donna, massaggiandogli il cazzo attraverso i pantaloni.

Joanna ha fatto meglio, abbassando la patta e allungando una mano all'interno.

Paul non mi ha colpito (pensava che fossi il numero uno).

Ha perso quattro dei cinque indumenti rimanendo lì nei suoi boxer, con un'erezione tremenda che lottava per liberarsi.

Il moderatore ha annunciato che le cose erano andate abbastanza lontano e che era ora di pescare le carte più forti.

Ho preso il primo.

Mi hanno bendato e mi hanno messo tre cazzi nelle mani.

Doveva indovinare a chi appartenevano ciascuno.

Incredibilmente non sono riuscito a distinguere quello di Paul dagli altri.

Con tutte le persone nella stanza che guardavano, mi tolsi la camicetta.

La donna che era già nuda dal round precedente ha perso la sua sfida e tutti gli uomini hanno tirato una cannuccia.

Il moderatore ha detto alla donna che avrebbe dovuto sedersi sul cazzo di colui che ha tirato la cannuccia più corta per almeno cinque minuti.

L'ho guardata sedersi in cima al vincitore mentre lui infilava con cautela il suo cazzo nel suo buco gocciolante, chiedendosi se la mia punizione sarebbe stata la stessa se fossi rimasto nudo.

Il moderatore ha iniziato a contare il tempo.

Ha cercato di comportarsi come niente, come se non muovendosi volesse convincerci che non si stava scopando lì in mezzo a tutti, ma i movimenti lenti con cui l'uomo l'ha penetrata hanno iniziato, dopo circa tre minuti, a farlo. reagire.

Stava cominciando a entrare nel merito quando il moderatore ha detto che il tempo era scaduto e l'ha fatta alzare, cosa che ha rifiutato, stringendosi forte al proprietario del cazzo che le stava dando tanto piacere.

Abbiamo riso tutti a quella reazione divertita, mentre Joanna e il moderatore hanno cercato di rimuovere quel membro eretto dalla sua fica affamata.

Ci sono riusciti a malapena.

Il prossimo ero io.

"Guarda le tette di tre donne e poi, bendate, identificale toccandole solo con la lingua."

Joanna si offrì rapidamente come volontaria così come altre due donne.

Ho guardato le loro tette, misurandone le dimensioni e i lineamenti, e poi mi hanno bendato.

La mia lingua, a turno, esplorava ciascuna delle tette.

Mi è venuto in mente che se li avessi leccati avidamente avrebbero finito per emettere un suono di piacere che mi avrebbe aiutato a sapere chi era ciascuno.

Il secondo rimase in silenzio finché i miei denti non le sfiorarono il capezzolo e lei non poté fare a meno di un gemito di piacere.

Il terzo gemette alla prima leccata.

Ho detto che Joanna era la prima, e poi chi pensava che fossero le altre due.

Ho capito bene.

Credevo già che la sfida fosse passata quando il moderatore ha detto che doveva scontare una punizione.

Si era reso conto di aver usato i denti su uno di loro.

Mi ha detto di togliermi la gonna.

Stava per dire di continuare a spogliarmi, ma si è fermato quando ha visto il mio reggicalze rosso e nero.

Mi ha detto che potevo continuare con la mia gonna, ma che d'ora in poi avrei dovuto scontare gli stessi rigori dei giocatori che erano già nudi.

Ha raggiunto la scatola della punizione e ha tirato fuori una carta.

Non me l'ha mostrato, ma l'ha fatto leggere alle tre donne rimanenti.

Mi si sono avvicinati, mi hanno circondato lentamente e mi hanno portato a letto.

Joanna ci si sedette e gli altri due mi misero in ginocchio.

La donna il cui capezzolo era stato morso si è posizionata vicino alla mia testa in modo che il mio viso si appoggiasse sulla sua figa.

Mi ha tenuto le braccia in modo che non potessi muovermi.

L'altro mi ha tenuto le gambe e ha iniziato a giocare con la mia figa.

«Hai visto quanto è bagnata, Joanna? "L'ho sentito dire.

Nel frattempo, ha iniziato a toccarmi il clitoride con un dito ed esplorare il mio interno con un altro allo stesso tempo.

Involontariamente i miei fianchi iniziarono a dimenarsi sulle ginocchia di Joanna.

All'improvviso, mi ha colpito duramente.

Non mi sono lamentato, perché avevo paura di perdere la punizione.

Mi ha colpito ancora un paio di volte e alla fine si è fermato.

"Quanti sono stati? "Mi chiedo.

"Non lo so" risposi spaventato.

"Allora si ricomincia" ha detto.

Joanna continuava a frustarmi forte mentre la mia figa veniva esplorata dall'altra ragazza.

Questa volta ho guardato contare le sculacciate.

A vent'anni si fermò e guardò la donna che mi teneva le braccia.

"Ha già iniziato a leccarti? Chiese.

"Non rispondo.

"Ricominceremo" esclamò Joanna.

Ho subito seppellito la faccia in quella figa che apparteneva a una donna che, come forse avrete già capito, non conosceva nemmeno il suo nome.

Joanna continuava a colpirmi sempre più forte.

Alla fine si fermò.

Questa volta avevo contato 23 frustate, anche se temevo di averne perse alcune.

"Quanti sono stati? Mi ha chiesto di nuovo.

"Venticinque" ho detto per essere sicuro.

"No, dovrai fare di meglio" disse Joanna "Ricominceremo.

Il resto della gente applaudiva e applaudiva incessantemente, ma non io ma i miei aguzzini.

Ho anche sentito Paul congratularsi con Joanna per lo spettacolo che mi stava facendo mettere in scena.

Durante tutto quel tempo, le mani che giocavano con la mia figa non avevano rallentato di una virgola.

Avevo già perso il conto dei miei orgasmi (erano stati almeno cinque) e, a giudicare dal numero di volte in cui la donna che stavo mangiando la sua figa mi aveva afferrato la testa, ne aveva avuti almeno tre.

Joanna fermò ancora una volta i suoi colpi.

"Quanti sono stati? "Mi chiedo.

"Venticinque" ho detto di nuovo, preparandomi per un nuovo thrashing.

"Giusto" ha detto senza ulteriori indugi.

Poi, rivolgendosi alla donna nella mia testa, ha chiesto:

"Virginia, ti ha soddisfatto?

"Al momento sì" la sentii rispondere "A meno che non cresca un cazzo ..."

"E tu, Julia? Ha chiesto a quello che stava esplorando la mia figa.

"Sì" rispose con il respiro affannoso "Per me va bene così."

Ho iniziato ad alzarmi, ma Joanna mi ha fermato e mi ha fatto sdraiare.

"Possono essere fatti, ma non" me l'avevo detto ". Ora devi contare i prossimi dieci colpi in modo che tutti in questa stanza possano sentirti. Poi bacerai me, le fighe di Virginia e Julia per ringraziarti di quanto ti sei divertito con noi ".

Ho accettato.

Gli ci è voluto più di un minuto per picchiarmi tutte e dieci le volte.

Poi ho baciato la fica di Virginia senza nemmeno alzarmi e l'ho ringraziata.

Mi alzai e baciai la fica di Julia e la ringraziai, salvando Joanna per ultima.

La leccata di fica che le ho dedicato è durata circa tre minuti, finché finalmente l'ho sentita venire.

Poi l'ho anche ringraziato.

Mentre lo faceva, mi sono reso conto che intendeva quello che stava dicendo.

L'esperienza era stata molto gratificante.

Adesso era il turno di Paul ...

Paul ha scelto una carta di sfida e ho potuto dire dall'espressione sul suo viso che non aveva ottenuto ciò che si aspettava.

"Usando solo la bocca e bendato, identifica i cazzi di tre uomini."

"Non ho intenzione di farlo" ha detto, rivolgendosi a me.

"Aspetta un attimo" risposi un po 'infastidito "Ti sei divertito molto a guardare come stavo cavalcando con tre donne e ora non vuoi farlo. Penso che tu sia ingiusto. "

"Ma, è quello ..." iniziò a dire "È che sono ... cazzi !!"

"Dai" dissi vedendo che già lo stavo convincendo "Se lo fai non ti succederà niente, non ti farà male. Inoltre, pensa alla punizione che il moderatore ti darà se rifiuti. "

Non sono sicuro di quale dei miei argomenti sia finalmente riuscito a convincerlo, il punto è che, dopo averci pensato ancora un attimo, ha annunciato che ci avrebbe provato.

Ho guardato da vicino i tre cazzi esposti davanti a Paul.

Era bendato e tremava dalla testa ai piedi.

Ho provato a tirarlo su di morale dicendogli che questo mi stava eccitando tremendamente, il che era completamente vero.

Alla fine prese una decisione e iniziò ad accettare la sfida.

Alla fine non è stato così male, è finito in meno di un minuto e ne ha centrato uno solo.

Il moderatore mi ha chiesto di aiutarlo a scegliere la punizione.

Con gli occhi ancora bendati, lo fecero sedere sul bordo del letto.

Le donne ancora nella stanza si spogliarono.

Da quel momento in poi, gli abiti non sarebbero più serviti come punizione.

Ognuno di loro si è seduto sul suo cazzo duro per un minuto esatto.

Ero il quarto e Paul mi ha riconosciuto dalle calze che indossavo ancora o forse da qualcos'altro.

Mi pregò di restare ancora un po ', abbastanza a lungo da venire.

Gli ho dato un bacio che gli ha sbloccato la gola e mi sono seduto su di lui per qualche altro istante mentre i suoi fianchi mi spingevano ancora e ancora, cercando di raggiungere rapidamente l'orgasmo.

Non l'ho permesso.

Alla fine della giornata era una punizione, quindi mi alzai lasciandolo a metà strada.

Joanna è stata l'ultima a inserire il suo cazzo.

Lo eccitò senza pietà e lo lasciò anche prima che venisse.

"Se hai bisogno che scelga un'altra punizione, non esitare a consultarmi" proponei al moderatore, mentre Paolo si alzava e si toglieva la benda, esausto.

"Non preoccuparti" mi sorrise "D'ora in poi sceglieremo tra loro due".

Ho visto Joanna prendere la prossima carta.

Lo lesse a se stesso e sembrava divertente.

Gli abbiamo chiesto di leggerlo ad alta voce e lo ha fatto.

"Scegli tre uomini e tocca i loro cazzi. Poi, bendato, siediti su di loro e identifica i loro proprietari."

Ha camminato su e giù per la stanza e ha scelto due uomini, stranamente, quelli con i cazzi più grandi.

Quando raggiunse Paul, si fermò davanti a lui e gli prese delicatamente il cazzo.

Paul fece un passo avanti, felice perché ora avrebbe avuto la possibilità di finire quello che prima non gli avevamo lasciato.

Ma Joanna la lasciò andare, sorridendo crudelmente.

"Per ora ne hai abbastanza" ha detto "Se sei bravo, forse ti sceglierò per un'altra partita".

E lei si allontanò da lui, lasciandolo con un cazzo duro e un cipiglio deluso sul viso.

Non ho potuto fare a meno di sorridere.

Gli è servito bene.

Joanna ha scelto il terzo e lo ha portato con gli altri due.

Ha toccato ciascuno dei cazzi finché non sono stati duri e quando ha finito è stata bendata.

Poi si è impalato su ciascuno di loro, senza dare a nessuno dei tre la possibilità di venire.

È venuta forte con il terzo cazzo.

Incomprensibilmente, nessuno di loro aveva ragione.

Ci siamo resi conto tutti che avevo fallito apposta, anche il moderatore che mi ha chiamato per deliberare.

Alla fine, abbiamo trovato una punizione in base alla personalità di Joanna, anche se in fondo sapevamo tutti che più che una punizione, era un regalo per lei.

Abbiamo legato Joanna al letto a faccia in giù, in modo che la sua vita fosse piegata sul bordo, lasciandola in ginocchio con il culo esposto a tutti noi.

La punizione consisterebbe in ogni uomo che la scopa da dietro per un minuto esatto.

Sarei al suo fianco per presentarle ciascuno dei cazzi.

Il moderatore richiederebbe tempo.

Un suo gesto sarebbe stato il segnale che il tempo era scaduto e che avrebbero dovuto rimuovere il suo cazzo.

Se rifiutassero, sarò io a rimuoverlo con la forza (prendendoli per le uova se necessario).

Sono andato da Paul e gli ho detto qualcosa all'orecchio.

Poi ho preso il mio posto.

Ho afferrato il primo dei sei cazzi che stavano per entrare nel buco di Joanna con entrambe le mani.

"La punta è un po 'secca" ho mentito, perché tutto questo mi stava facendo arrapare di più "Penso che dovrò inumidirla con la lingua".

L'ho fatto, ricreando più del necessario, il che mi è valso un rimprovero da parte del moderatore.

Quindi, l'ho introdotto abilmente.

Proprio quando Joanna ha iniziato a muoversi in tempo con il suo partner, il moderatore mi ha dato il segnale di fermarmi.

Ho afferrato il suo cazzo delicatamente e l'ho tirato fuori velocemente.

Ho anche inumidito il secondo con la mia bocca calda, poiché, come ho detto, era "necessario".

Quando l'ho inserito, il suo cazzo ha iniziato a muoversi dentro e fuori alla velocità della luce.

Nonostante ciò, l'ho tirata fuori prima che potesse ottenere una qualsiasi soddisfazione.

Il terzo e il quarto sono passati allo stesso modo.

Il moderatore è stato il quinto.

Ho guardato il suo cazzo e ho scosso lentamente la testa.

"Penso che dovrò bagnare anche questo cazzo" dissi maliziosamente.

Me lo misi in bocca e cominciai a leccarlo e succhiarlo come se non ci fosse nessun altro nella stanza.

Ci ho dedicato più tempo che a qualsiasi altro.

Alla fine, mi ha fermato con la mano.

"Penso che abbastanza sia abbastanza" disse, ansimando per l'eccitazione.

"Sei sicuro di volermi fermare? Chiesi sensualmente.

"Per ora sì" mi disse "più tardi potrei lasciarti continuare.

Il moderatore è stato esattamente un minuto ed è stato quello che si è avvicinato di più al cumming, a causa dell'eccitazione che il mio mangiare il cazzo gli aveva causato.

Paul è stato l'ultimo.

Joanna aveva spinto forte i fianchi contro gli ultimi due cazzi, cercando di raggiungere l'orgasmo, ma senza riuscirci.

Ho deciso che l'avrei fatta soffrire ancora un po 'prima dell'ultimo attacco.

Ho aperto lentamente le labbra della sua figa con la scusa che in questo modo il cazzo sarebbe entrato più facilmente.

Joanna rabbrividì di piacere.

Poi il mio dito è scivolato su tutto il clitoride, eccitandola ancora di più.

Ho pensato che abbastanza fosse abbastanza e ho lasciato che Paul si avvicinasse.

L'ha spinta dentro, poiché la figa di Joanna era più che lubrificata.

Iniziò a dargli potenti spinte come gli altri avevano fatto, ma dopo il quarto glielo tolsi di dosso e glielo feci spingere su per il culo.

Proprio alla fine del minuto di rigore, il moderatore mi ha dato il segnale di rimuoverlo.

Joanna ha spinto indietro con i fianchi per cercare di mantenere il membro gonfio in posizione, ma non ha avuto successo.

Il moderatore mi fissò.

"Adesso voteremo per decidere la punizione che ti imponiamo" mi ha detto, parlando ad alta voce in modo che il mondo intero possa sentirlo.

"Punizione? Per me? Ma perché? Dissi incredulo.

"Per aver cambiato le regole del gioco precedente" ha risposto "I cazzi potevano entrare solo nella sua figa e non nel suo culo. Inoltre non ti era permesso mangiare tutti i cazzi senza il mio permesso ".

Nessuno ha votato contro.

Nel frattempo, ho visto Joanna rotolare sulla schiena, la sua mano che galleggiava lentamente sul suo clitoride affamato.

La gente era giunta a una decisione.

"Ti benda gli occhi e poi faremo tutti quello che vogliamo senza che tu sappia chi ha fatto cosa" ha esclamato il moderatore, sorridendo.

All'improvviso, qualcuno mi ha bendato gli occhi e diverse mani mi hanno spinto sul letto.

Un secondo dopo, un cazzo è entrato nella mia bocca e ho cominciato a succhiarlo avidamente.

Un secondo cazzo ha scavato nella mia fica gocciolante, ma dopo quattro spinte è uscito.

Poi, mi sono sentito come se qualcuno mi avesse separato le natiche e subito dopo un altro cazzo (o forse lo stesso) mi è entrato nel culo con una sola spinta.

Avrei voluto urlare ma il cazzo che mi aveva seppellito in bocca mi ha fermato.

Mi misero lentamente su un fianco, in modo che né i cazzi che mi stavano scopando né le due bocche che stavano iniziando a succhiarmi le tette si allontanassero dai loro bersagli.

Ho notato che almeno uno di loro era di una donna perché la sua pelle del viso era molto morbida, senza traccia di barba.

Diverse persone si sono affollate intorno al mio sesso e hanno cercato di penetrarmi.

Dopo una leggera lotta, uno di loro è riuscito.

Tale era la lotta che si era formata tra le persone tra le mie gambe, che mi sentivo come se diverse persone mi stessero scopando contemporaneamente.

Era come se tutte le persone mi avessero sopraffatto.

Il cazzo nella mia bocca entrava e usciva da lei senza sosta, mentre il cazzo nella mia figa continuava a pompare, ma con qualche difficoltà.

Quello sul mio culo mi penetrava ancora, ma sembrava che la maggior parte degli stimoli del suo proprietario provenisse dai miei sforzi per contrastare le spinte di tutti gli altri.

Apparentemente le due persone che mi stavano succhiando le tette avevano deciso di eccitarmi e stimolarmi il più possibile.

La verità è che ero contento di essere stato bendato, così potevo concentrarmi completamente su quello che mi stavano facendo.

Vedere cosa stava succedendo sarebbe servito solo come distrazione.

Una delle ragazze mi ha preso la mano, l'ha messa sulla sua figa e ha iniziato a strofinarsi con le mie dita, usandole per masturbarsi.

Era così confusa da tutto ciò che non poteva reagire.

Era come se fossi diventato un oggetto, come se fossi stato privato della mia volontà.

Il cazzo nella mia bocca iniziò a pulsare.

Pochi secondi dopo, un getto di latte mi salì in gola.

Ho provato a ingoiarlo tutto, ma alcuni mi sono caduti lungo la guancia.

Prima che potessi riprendermi, hanno messo una fica al suo posto, che ho iniziato a leccare senza indugio.

A quanto pare i due che mi stavano scopando la figa e il culo avevano trovato un ritmo comune.

Con le loro spinte mi hanno fatto venire.

Ero nel mezzo del mio secondo orgasmo, quando ho sentito un urlo e l'uomo che stava guidando la mia figa è venuto.

Poi, mentre si ritirava lentamente, ho sentito il suo sperma iniziare a fluire lentamente dal mio buco.

Il suo partner, completamente dedito al mio culo, continuava a pompare ancora più forte.

Una faccia apparve sulla mia figa e iniziò a leccarla appassionatamente.

La sensazione di essere fottuto nel culo mentre qualcun altro mi stava leccando la fica era nuova per me.

Ho ricominciato a venire.

Qualcuno ha iniziato a tirarmi i capelli.

Nonostante la difficoltà, ho cercato di continuare a soddisfare le richieste della fica che avevo sul viso.

Un nuovo cazzo è apparso nella mia mano e ho iniziato a muoverlo su e giù.

Una delle bocche che avevo sui capezzoli scomparve, prendendo il suo posto un paio di mani forti che iniziarono a strofinarmi le tette, impastandole come se fossero pasta di pane.

"Penso che questa ragazza voglia essere sculacciata un paio di volte" disse una voce alla mia destra che non riuscivo a capire di chi fosse.

La fica che stavo succhiando si premette ancora più vicino alla mia faccia.

L'ho leccato meglio che potevo.

Le sue cosce mi hanno schiacciato la testa quando ho raggiunto l'orgasmo.

Rapidamente un nuovo cazzo lo ha sostituito e si è fatto strada nella mia bocca.

Ho immaginato una fila di persone in coda a ciascuna delle mie attrazioni, in attesa del loro turno.

Mi sono reso conto di aver perso ogni connessione tra quegli organi sessuali e le persone a cui erano attaccati.

La benda mi aveva portato via tutto tranne la mia capacità di sentire cosa stava succedendo.

Ho dovuto ammettere che dal momento in cui sono entrato in quella stanza, avevo segretamente sperato che qualcosa del genere potesse accadere.

La verità era che, da quando Joanna aveva suscitato per la prima volta il mio clitoride con le sue dita, era stata in uno stato di eccitazione costante.

Apparentemente l'uomo che mi stava scopando aveva finalmente raggiunto il punto di non ritorno.

Mi ha afferrato i fianchi e ha preso il comando dei miei movimenti.

Pochi secondi dopo, ho sentito come grandi getti di sperma venivano lanciati dal suo cazzo nelle mie viscere.

Poi si è sdraiato accanto a me e ho sentito il suo cazzo ammorbidirsi, uscire lentamente dal mio culo.

Immediatamente dopo, se n'era andato, lasciando libera la mia parte posteriore.

La bocca della mia tetta destra è stata sostituita da un'altra mano forte. Ora le mie tette venivano massaggiate come una squadra.

All'improvviso una delle mani scomparve.

Pochi secondi dopo ho notato qualcosa nel mio petto, nella valle formata dalle mie due tette.

Era una mano, una mano imbrattata di una sorta di lubrificante.

Ha esaminato le mie tette più e più volte, spalmandole con quel liquido viscido.

Qualcuno mi è salito sulla pancia, si è arrampicato sul mio corpo e ha messo un cazzo duro tra le mie tette lubrificate.

Le sue mani hanno unito i miei seni, trasformandoli in una fica pronta per essere scopata.

I fianchi dell'uomo iniziarono a muoversi avanti e indietro a una velocità folle.

Il cazzo nella mia bocca è scomparso senza sparare il suo carico in gola e il cazzo nella mia mano è stato sostituito da una fica infuocata.

Qualcuno mi ha baciato sulla bocca, credo una donna, facendomi scivolare la lingua in gola.

Potevo sentire lo sperma gocciolare dal mio culo e dalla mia figa.

Il cazzo che mi stava scopando le tette ha aumentato la sua velocità.

Qualcuno mi ha sollevato le gambe, esponendo la mia figa.

Mi hanno frustato forte nel culo dieci volte, mentre una mano ha preso posto sulla mia figa, masturbandomi.

Il cazzo sul mio petto ha cominciato a sputare sperma con forza.

Mi ha colpito in faccia e poi è caduto gocciolando via da lei.

Doveva anche aver raggiunto la donna che mi stava baciando, ma questo non gli ha impedito di ficcarmi la lingua dentro per un solo secondo.

Il membro già flaccido si allontanò dalle mie tette.

Anche la bocca che si baciava si allontanò, così come il dito dal mio clitoride.

Per un momento rimasi sdraiato lì, esausto.

Un minuto dopo, la benda è stata rimossa.

Mi hanno dato un asciugamano e mi sono asciugato delicatamente mentre guardavo il gruppo riunito.

Tra loro c'era Paul, il mio ragazzo, che aveva anche partecipato.

Ho capito che non l'avevo riconosciuto tra tutte quelle persone che mi davano piacere senza sosta.

"Ora ringrazierai ognuno di noi per averti offerto un momento così piacevole" mi ha detto il moderatore "Ma lo farai in un modo molto speciale".

Pochi istanti dopo stava baciando ciascuna delle fighe delle donne.

Quindi, ho messo in bocca ciascuno dei cazzi degli uomini, ringraziando ciascuno di loro.

Proprio in quel momento la porta si aprì.

" Dove sono tutti? "Disse il nuovo arrivato" Dannazione, penso di aver sbagliato stanza! "

FINE

31

AUMENTO DI PAGA
ERIKA SANDERS

33

Anita bussò alla porta come se non volesse romperla.

Non aveva senso, dato che era l'unica persona rimasta nel negozio di ciambelle.

Lei e la persona dall'altra parte della porta, cioè.

"Vai avanti" risuonò la voce di quella persona.

Anita aprì la porta ed entrò, chiudendola dietro di lei.

Il clic della serratura quando la premette con la maniglia sembrava assordante nell'ufficio silenzioso.

Eric Galvez alzò gli occhi dalle scartoffie sulla sua scrivania.

Guardò Anita, una graziosa impiegata messicana bruna che indossava l'uniforme scolastica del negozio, una camicia bianca abbottonata e una gonna scozzese corta, che reggeva un sacco di ciambelle.

Aveva un corpo impeccabile e folti capelli castani a strati che le ricadevano sotto le spalle.

"Ciao Anita" disse Eric.

Il direttore del negozio, sposato con due figli e quarantenne, posò la penna e sorrise.

"Ciao. Scusa se ho interrotto qualcosa", disse imbarazzata.

"Certo che no" lo rassicurò Eric. "Siediti".

Il piccolo ufficio del direttore era composto da un divano, due sedie, una scrivania e schedari.

Eric vide Anita che camminava verso di lui, con la gonna che le oscillava da una parte all'altra.

Si sedette sulla sedia di fronte alla scrivania di Eric, incrociò le lunghe gambe e lasciò che la gonna le raggiungesse le cosce.

Posò la borsa sul pavimento accanto a lei.

"Che succede?", Chiese il direttore.

Anita esitò, fece un respiro profondo e lentamente fece scorrere le dita di una mano sulla parte superiore della gamba, dal fondo della gonna al ginocchio.

"Sto pensando di trasferirmi dalla stanza in affitto a un appartamento", ha detto.

Era una studentessa del terzo anno presso un'università locale, svolgendo diversi lavori in luoghi le cui ore non interferivano con le sue lezioni.

"Fantastico", disse Eric con entusiasmo, poi si fermò. "E hai bisogno di più soldi? Un aumento?"

Anita lo guardò imbarazzata, prima che apparisse un'espressione più seria sul suo viso.

"Non posso credere a quanto chiedono di affittare. E l'acconto è ... "cominciò a dire.

"Lo so", interruppe Eric.

La guardò per un momento.

Aveva lavorato per lui per quasi un anno, chiedendo un aumento un'altra volta.

In quel caso, aveva usato il suo corpo per "influenzare" la sua decisione.

In realtà, da allora aveva desiderato un'altra sua richiesta.

Eric guardò la borsa di ciambelle accanto a lui.

"Porterai alcune ciambelle a casa?" Chiese.

Gli occhi di Anita caddero sulla borsa e tornarono al suo capo.

"No. È per te ... per noi", rispose.

Eric non aveva più bisogno di ulteriori spiegazioni.

L'ultima volta aveva anche portato una borsa.

E questa volta sapeva cosa fare.

Si alzò e fece il giro della scrivania, spostandosi dietro la sedia di Anita.

Guardò il suo corpo atletico finché non scomparve dietro di lei.

Un brivido le percorse la schiena in anticipo.

"Allora, mi hai portato una ciambella," disse Eric dolcemente. "E ti piacerebbe condividere."

Anita annuì silenziosamente.

Eric guardò la giovane donna, la camicia sbottonata in alto e le gambe abbronzate che si allungavano da sotto la gonna svasata.

Le sue mani afferrarono nervosamente le estremità delle braccia sulla sedia.

Eric mise una mano sui capelli della ragazza e le passò le dita sul collo.

Sentì la pelle calda sotto il colletto della camicia, quindi spostò la mano sul davanti del collo prima di avvicinarsi al bottone in alto.

Con un movimento agile, sbottonò il pulsante; seguito dal prossimo.

La parte superiore del suo seno apparve in vista, racchiusa in un sottile reggiseno blu.

Le sue dita scivolarono sulla pelle liscia del suo seno sinistro, poi di nuovo al pulsante successivo.

Usando entrambe le mani, avvolgendolo attorno al collo, aprì ogni bottone fino a raggiungere la cima della gonna.

Eric si tolse la maglietta dalla gonna e aprì l'ultimo bottone.

La maglia di Anita si spalancò abbastanza da consentire a Eric di vedere la maggior parte di ogni seno dall'alto.

Li vide alzarsi e cadere mentre respirava affannosamente.

Un gancio centrale tra i seni le teneva insieme il reggiseno.

Non è stato un caso, pensò Eric.

Allungò la mano e si sbottonò il reggiseno, lasciando che le due metà riposassero liberamente sulle estremità del suo seno.

Anita continuò a sedersi immobile, guardando le mani di Eric o di fronte.

Sapeva che le cose stavano per cambiare rapidamente.

Eric le mise le mani sulla parte superiore del seno e le lasciò cadere finché le sue dita non le rimossero il reggiseno.

Si prese tra le mani i seni marroni nudi, tenendoli delicatamente per un momento.

Alla fine, mise i capezzoli di Anita tra i pollici e gli indici e li pizzicò delicatamente.

La giovane donna sospirò rumorosamente.

Eric sentì il suo cazzo indurirsi entro i confini dei suoi pantaloni mentre manipolava i suoi capezzoli.

Si indurirono sotto il suo tocco e Anita sentì un punto eccitato attraversare il suo stomaco fino alla sua figa.

Eric le avvolse le mani attorno al seno, ma riuscì a malapena a riempirle nella sua presa.

Li raccolse e li guardò sistemarsi nei suoi palmi.

Fece il giro della sedia e si fermò tra la scrivania e Anita, guardandola brevemente.

"Alzati e togliti la maglietta", disse con voce calma.

Anita incrociò le gambe e si fermò a pochi centimetri dal suo capo.

Sollevò la camicia sulle spalle e la lasciò cadere sulla sedia.

Senza fermarsi, fece lo stesso con il reggiseno.

Eric mise le mani all'esterno delle cosce di Anita e alzò le mani finché non scomparvero sotto la sua minigonna.

Anita si sentì alzare le mani sopra le mutandine e sul fondo.

Quindi Eric le mise le mani in vita e afferrò la striscia delle sue mutandine.

Lentamente li abbassò, inginocchiandosi mentre passavano sopra le sue ginocchia e sui suoi piedi.

Posò le mutandine nere sulla sedia e le tolse le scarpe.

Dopo essersi alzata, si guardò la gonna e disse: "Toglila".

Anita si sbottonò la gonna e la lasciò cadere sul pavimento, uscendo e dandole un calcio da parte.

Eric ammirava la sua vita piccola, i fianchi pieni e le cosce, gambe lunghe e piedi piccoli.

I suoi occhi tornarono alla sua figa e alla piccola e sottile ciocca di capelli scuri sul clitoride.

Anita si sentì straordinariamente sexy in quel momento, l'umidità tra le sue gambe aumentava di pochi secondi.

Voleva l'uomo davanti a sé nudo e sapeva che era inevitabile.

"Togliti i vestiti", le disse.

Doveva rallentare deliberatamente i suoi movimenti per non rivelare il suo desiderio.

Tuttavia, Anita presto si mise la camicia di Eric sulla testa, rivelando una parte superiore del corpo ben costruita, se non troppo muscolosa.

Abbassò lo sguardo e si slacciò la cintura, gli occhi di Eric si alternavano tra il seno e le mani.

Si sbottonò i pantaloni e li tirò giù finché non caddero soli sui polpacci.

Anita si inginocchiò e si tolse le scarpe e le calze prima di togliersi i pantaloni e gettarli da parte.

Attese con ansia il crescente rigonfiamento dei suoi pugili, poi afferrò la cintura e li tirò giù.

L'enorme cazzo di Eric era solo semi-eretto, ma Anita sentì un'ondata di emozione fluire su di lei mentre si toglieva i pugili.

Si alzò e affrontò il suo capo.

Con sollievo di Anita, fece la prima mossa tenendola stretta e tirandola verso di sé.

La baciò appassionatamente, premendo il suo cazzo contro il suo corpo e muovendo le mani sul suo fondo.

Eric si premette le guance morbide quando le loro lingue incontrarono le sue labbra.

Anita lo sentì premere la sua figa contro il suo corpo, non sicuro di essere più determinata a soddisfare se stessa o Eric.

Il suo bacio continuò mentre lei avvolgeva una mano attorno al suo cazzo, sentendolo pulsare.

Il gallo cominciò a puntare verso l'alto e la ragazza pompò ripetutamente la sua mano su e giù per il membro.

Quando il bacio finì, Eric guardò Anita e disse: "Mia moglie non me lo fa. Sei bravo."

"Grazie, sono contento che ti piaccia" sorrise.

"Ho fame" disse Eric.

"Anche io".

Si trasferirono sul divano.

Eric prese la borsa di ciambelle lungo la strada.

Trovò il tempo di guardare il piccolo sedere rotondo di Anita rimbalzare con i suoi passi prima di sdraiarsi sul divano, la testa su un piccolo cuscino ad un'estremità.

Eric allungò la mano nella borsa e tirò fuori una ciambella e un coltellino di plastica.

"Ah, ripieni di crema alla vaniglia. I miei preferiti ", ha detto. "Ti piacerebbe condividere?"

"Mi piacerebbe," rispose Anita.

Eric si inginocchiò e posò la ciambella ricoperta di cioccolato sulla pancia piatta della ragazza, tagliandola accuratamente a metà con il coltello.

Un brivido attraversò il corpo di Anita mentre il coltello le toccava appena la pelle.

Eric lo guardò contrarsi mentre la lama del coltello riappariva dall'interno della spessa ciambella, quindi posò il coltello e metà della ciambella sopra la borsa sul pavimento.

Sollevò la ciambella dal suo ventre e girò il centro pieno di crema verso di lei.

Metodicamente, lo abbassò fino a quando il capezzolo sul seno destro era direttamente sotto la crema.

Con un tratto lungo e liscio, si portò uno strato di crema alla vaniglia sull'estremità del seno.

Anita chiuse gli occhi mentre il materiale da otturazione freddo copriva il suo capezzolo e la pelle circostante, mandando increspature attraverso il suo corpo allo stomaco e alla figa.

Eric spostò leggermente la ciambella su un lato e ripeté il processo, aggiungendo un secondo nastro di crema adiacente al primo.

Alla fine, girò la ciambella e si strofinò il rivestimento di cioccolato sulla punta del suo capezzolo rigido.

Eric mise la ciambella nella borsa e guardò Anita.

Stava osservando attentamente, anticipando la sua prossima mossa e pregandolo silenziosamente di divorarla.

Eric scosse la testa sul petto e si passò la lingua sul capezzolo, assaporando il dolce cioccolato.

Anita quasi gemette ad alta voce, ma si afferrò e guardò la lingua del suo capo allungarsi per includere un pollice sopra e sotto il capezzolo.

Deglutì una volta prima di tornare al seno, questa volta spalancando la bocca e posizionando il più possibile il seno rotondo e pieno della ragazza.

La sua lingua raschiò il capezzolo più volte prima che le sue labbra si chiudessero attorno alla carne rosa e succhiasse.

Questa volta, Anita non poteva contenere se stessa.

"Oh, Dio", sussurrò.

Eric alzò la testa e si leccò la crema dalle labbra.

Quando la sua bocca si posò di nuovo sul petto di Anita, la sua mano si sollevò sul suo seno e le leccò avidamente il resto della crema alla vaniglia dalla pelle.

Tornava sempre al capezzolo.

Anita inarcò la schiena, spingendo il petto più in alto.

Sentì l'umidità tra le gambe aumentare con ogni passo della sua lingua sul suo capezzolo ed era sicura che avrebbe potuto farla venire se l'avesse tenuta così.

Prese di nuovo la ciambella, questa volta stendendo il ripieno bianco e il cioccolato sul petto sinistro in quantità maggiore.

La crema copriva quasi i due terzi del petto, lasciando Eric con una mezza ciambella quasi vuota in mano.

Dopo aver rimesso la ciambella nella borsa, si chinò sul corpo di Anita ed espose meticolosamente il seno una leccata alla volta.

La ragazza mosse la mano in cima alla testa di Eric e la premette più forte contro il suo petto.

Nel frattempo, la sua mano si spostò dal suo fianco a tra le sue gambe, accarezzando momentaneamente il clitoride sepolto sotto un ciuffo di capelli castano scuro accuratamente tagliati.

"Oh Gesù," disse piano. "È così piacevole."

Con solo una piccola quantità di crema alla vaniglia sul petto, Eric si arrampicò sul divano, posizionando le gambe tra le sue.

Ora il suo cazzo era completamente eretto, rivolto verso l'alto con un angolo acuto.

Si sporse in avanti e mise il suo cazzo sul petto coperto di crema, spostandolo da un lato all'altro fino a quando non ebbe un piccolo strato di riempimento bianco.

Anita usò la mano per dirigere il gallo verso le aree con più crema.

Presto fu bianco dalla testa rosa alla base.

Anita guardò mentre Eric scivolava in avanti e le portava il cazzo sulle labbra.

Ansiosamente, aprì la bocca e accettò il dono.

Il gusto zuccherino della crema le fece quasi dimenticare l'amore che provava per il gusto di un cazzo caldo e duro.

La sua lingua lavorava su tutti i lati del membro mentre Eric lo faceva scivolare dentro e fuori dalla sua bocca, facendolo gemere di piacere.

"Ummmm, Anita. Succhiami Leccami in questo modo ", ha detto Eric. "Sì, sì. Così."

La ragazza impiegò alcuni minuti a togliersi l'ultima crema dal suo cazzo; succhiare, leccare e deglutire il più velocemente possibile.

Quando finì, Eric era più duro di quanto non fosse prima ed era vicino al climax.

"Scopami Eric," esclamò ad alta voce Anita. "Ti voglio su di me. Per favore."

Quando il suo capo scese dal divano, Anita allargò le gambe e sollevò le ginocchia.

Quando aveva il suo cazzo all'ingresso della sua figa, la sua mano era in una posizione pronta per guidarlo da lei.

Persino lei era sorpresa di quanto fosse preparata per lui.

Non appena la testa del pene gonfio ha trovato l'apertura, Eric è stato in grado di abbassarsi fino a quando le sue cosce si sono incontrate in una carezza delicata.

"Dio sì. Fottimi "disse Anita.

Eric si è affrettato a soddisfare le loro richieste.

La sollevò nel culo e iniziò a scivolare dentro e fuori il suo cazzo, sentendola periodicamente contrarre la sua vagina.

Anita sollevò le gambe e le avvolse delicatamente intorno alla vita di Eric, permettendogli di sollevarla ulteriormente.

Il seno di Anita ondeggiava ritmicamente.

Di tanto in tanto si pizzicava i capezzoli, mandando quelle che sembravano correnti elettriche direttamente nella sua figa.

Nel frattempo, Eric si riposizionò in modo che una mano libera potesse massaggiare il clitoride.

Trovò facilmente il rigonfiamento gonfio e lo strofinò.

La testa della ragazza cominciò a oscillare da un lato all'altro e mormorando, "Accidenti. Merda. Sì là. Là!"

Eric si strofinò più forte e sentì il proprio corpo teso.

Le sue gambe lo strinsero forte e lei urlò: "Ahhhh. Oh Dio. Adesso."

Il suo orgasmo iniziò con un altro gemito soffocato e i suoi fianchi si sollevarono per trovare le sue spinte verso il basso.

Per almeno trenta secondi, Eric la penetrò ancora e ancora, mentre gemeva e urlava che lui la scopasse.

Eric voleva che la sensazione della sua figa stretta intorno al suo cazzo e il suo corpo che si contorceva sotto di lui durasse per sempre.

Si aggrappò al suo fondo mentre lei lentamente iniziava a sistemarsi sul divano.

Ora in grado di concentrarsi sul proprio corpo, Eric sentì la prima ondata di sperma sollevarsi dalle sue palle.

Anita sentì l'orgasmo avvicinarsi a lui e lo esortò a continuare.

"Esatto. Dai. Entra nella mia figa."

Il cazzo di Eric è esploso in un fiume di sperma che Anita ha sentito riempire le sue viscere.

Il fluido caldo schizzò fuori in diversi getti, ciascuno accompagnato da un forte gemito.

Eric afferrò Anita per le spalle inferiori e premette il suo corpo contro il suo.

Quando stava per finire e rimase ferma con il suo cazzo dentro di sé, Anita strinse forte la figa.

"Ahhh, dannazione. Smettila "mormorò Eric, quasi senza fiato e mezzo ridendo.

Si scosse per l'ultima volta e cadde da lei, inerte e completamente svuotato.

Giaceva tra le sue braccia, la testa sul suo petto e le gambe ancora avvolte intorno alla sua vita.

"Tutto quello che devi fare è chiederlo quando vuoi," disse Eric dolcemente, il suo dito tracciava il contorno del suo capezzolo.

"Avevo fame oggi", ha detto.

FINE

SITUAZIONE INATTESA
ERIKA SANDERS

45

Capitolo I

"Ti aspetterò nella stanza, indosserò qualcosa di rivelatore", aveva detto John.

Lo trattavano come cibo da asporto, pensò Gina al termine della chiamata.

Ed è così che si sentiva ora, mentre applicava il suo trucco allo specchio del comò: occhi ombrati, labbra rosse a forma di cuore e abbastanza trucco sul viso per non farla sembrare una figura da museo delle cere.

Qualcos'altro che vuoi nel tuo ordine, tesoro?

Soddisfatta del suo lavoro, attraversò a piedi nudi il tappeto della camera da letto, indossò solo reggiseno e mutandine e aprì l'armadio.

Da uno scaffale sopra dove erano i suoi vestiti, prese una piccola scatola di soldi e la portò sul suo letto.

Quando l'aprì, molte dieci e venti banconote caddero sui fogli di seta.

Gina ne contò quattro su venti e tenne gli altri dentro la scatola.

Rimise la scatola nell'armadio, infilò i soldi nella borsa e iniziò a vestirsi.

John viveva dall'altra parte della città in una lussuosa casa a cinque camere da letto vicino al canale.

Gli ci sarebbero voluti dieci minuti per guidare lì, a seconda del traffico pomeridiano.

Era un suo cliente relativamente nuovo che aveva servito sei volte finora.

Lo odiava.

Era arrogante, maleducato e completamente pervertito.

Era di origini italiane: color pelle olivastra, naso ampio e pieno di folti capelli neri su tutto il corpo.

John amava mangiare e Gina pensava di sembrare un mix tra un gangster degli anni '40 e un maiale dal ventre piatto.

Si era vantato dei suoi legami con gli inferi criminali, ma Gina non era sicura di quanto fosse vero.

Pensava che stesse solo cercando di impressionarla.

Non riusciva a capire perché gli uomini pensassero che questo fosse attraente per le ragazze.

Gina odiava la violenza e ha spento un film al primo segno di sangue o violenza.

Ma John era decisamente in una specie di affare inaffidabile.

Aveva visto le armi a casa sua.

Aveva sentito accese telefonate durante la loro relazione sessuale che John si rifiutava di ignorare.

Parlando di soldi e droghe.

Ha trovato uomini odiosi come John: avidi, egoisti, disonesti e corrotti.

Tuttavia, aveva bisogno di troppo denaro.

La vita di Gina era piena di debiti.

Un corso universitario di studi umanistici, la mini Fiat, che ogni giorno portava al suo lavoro di segretaria, comprando vestiti, vacanze a Ibiza e un prestito che aveva preso per arredare il suo appartamento.

Stava nuotando in debito, ma le società di prestito non le avevano mai negato.

Ed era per questo che aveva lavorato come escort privata per l'anno passato.

Privato era la parola chiave.

Non aveva pubblicità online, aveva troppa paura che la sua famiglia o i suoi amici scoprissero il suo sordido segreto.

Altrimenti, faceva affidamento sul passaparola e sui suoi clienti abituali, ragazzi come John.

Il primo uomo che l'ha pagata per fare sesso con lei si chiamava Peter.

Lo incontrò in un sito di appuntamenti dopo la sua rottura con Adams, ma capì immediatamente che non era per lei.

Non era il fatto che avesse quarant'anni e quindici anni più di lei.

In realtà, questa era la ragione per cui l'aveva incontrato in primo luogo, pensando che un uomo più anziano potesse dargli quello che Adams, un ragazzo di ventiquattro anni, non poteva.

Impegno, sicurezza, nuove esperienze sessuali forse.

Semplicemente non sentiva alcun legame con Peter, e lo sapeva entro un'ora dal loro primo appuntamento, la cena per due in un ristorante indiano nella parte più bella della città.

Lei lo salutò e lo ringraziò per un pasto delizioso, pensando che sarebbe stata l'ultima volta che l'avrebbe visto.

Ma Peter era più interessato a lei di quanto avesse inizialmente pensato.

La contattò due giorni dopo con un'offerta per pagarla per il sesso.

All'inizio Gina fu sorpresa, persino offesa.

Con la sua abbronzatura profonda, i capelli biondi tinti e la propensione a rivelare abiti, sapeva di aver fatto una certa impressione attraente.

Ma questo non la renderebbe una volpe, o qualcuno che le allargherebbe le gambe al primo segno di problemi finanziari.

Certamente aveva incontrato ragazze che lo avrebbero fatto.

Ma Peter sembrava essere un ragazzo così gentile, e più Gina pensava al suo debito, cominciò a chiedersi quale danno ci fosse nell'accettare l'offerta. Ci sarebbe un vantaggio reciproco.

Peter l'avrebbe posseduta e avrebbe ottenuto i soldi di cui aveva disperatamente bisogno.

Se nessuno si fa davvero male, qual è stato il problema?

Gina era ingenua, comunque.

Non ha mai immaginato quanto potesse essere avvincente il sesso retribuito, né quanto miserabile ed economico l'avrebbe fatta sentire.

A peggiorare le cose, Peter non era il gentiluomo che aveva pensato per la prima volta.

Presto si sparse la voce che era brava nei suoi servizi e poteva essere solo perché lo diffondeva direttamente.

Accordi di ogni genere, attraverso il sito di incontri in cui aveva incontrato Peter, riempivano la sua cassetta delle lettere.

Non riusciva a credere a quanti uomini più anziani stavano cercando donne più giovani con cui fare sesso e quanti erano disposti a pagare per questo.

Era stato molto redditizio per lei e presto imparò che avrebbe potuto guadagnare più soldi se fosse stata disposta a spingere i suoi limiti un po 'di più.

Gli uomini hanno pagato di più per cose come anale, dominazione, pioggia dorata e vari tipi di giochi di ruolo.

Gina aveva investito in divise da scolaretta, lingerie sexy e fruste. Aveva mangiato tutto ciò che le era stato suggerito, e aveva messo tutti i tipi di oggetti dentro di sé e aveva persino fatto finta di allattare un uomo di cinquant'anni che indossava un pannolino.

Certo, John, con i suoi soldi, aveva goduto di tutti i servizi disponibili.

Dalle prostitute di alta classe alle pornostar e persino alle tre pagine.

Era un'ossessione al limite della dipendenza.

Sembrava che tutte le ragazze giovani e belle fossero disposte a vendere i propri attributi pur desiderandoli.

È stato tragico.

Quindi, non è stata una sorpresa, dopo aver saputo da un amico, John ha contattato Gina.

E stasera sarebbe stata la loro quinta volta insieme.

Gina controllò l'orologio e sistemò i suoi vestiti nello specchio del corridoio. "Sarà tutto finito tra un anno, ragazza", ricordò a se stessa.

'Puoi farlo.'

Quindi prese le chiavi e uscì dalla porta.

Capitolo II

Dieci minuti dopo, si fermò a Midesting Road.

Erano appena passate le dieci e mezzo e una festa in piscina in una delle altre case era in pieno svolgimento.

Attraversò le porte di ferro battuto della casa di John e parcheggiò la Fiat sulla strada.

La luce della luna splendeva sul tetto della Mercedes argentata di John quando sentì il suono dei suoi talloni scricchiolare attraverso la ghiaia e si diresse verso il lato della casa.

John gli aveva detto di entrare dall'entrata posteriore.

Stasera giocheranno un gioco di ruolo.

Starà sdraiato sul letto e lei entrerà, come una ladra, e lo sorprenderà.

John adorava mescolare le cose.

Non aveva mai incontrato un uomo così sessualmente fantasioso.

Si fermò a metà del lato della casa e guardò su e giù per il vicolo.

Era sicura che nessuno l'avrebbe vista lì, ma voleva essere sicura per ogni evenienza.

Si tirò giù le mutandine, le fece scivolare sui talloni, poi si aggiustò la gonna.

Infilò le mutandine nella borsa.

Pizzo rosso, il preferito di John.

Quindi inciampò lungo il sentiero e aprì la porta sul cortile.

Un cestino di metallo risuonò quando lo colpì accidentalmente con la punta del suo tallone affilato.

'Stupido!' Si ammonì.

La luce della cucina era accesa e la porta del patio che dava su di essa era socchiusa.

John deve averlo lasciato aperto per lei.

Gina si tirò indietro i capelli, continuò la sua camminata sensuale ed entrò in casa.

Prese l'odore di bruciato quando entrò in cucina e chiuse la porta.

Probabilmente era uno dei sigari che a John piaceva fumare.

Era un tale gangster fumatore.

La casa era silenziosa.

John la stava aspettando a letto come aveva detto.

Gina attraversò la sala da pranzo arredata con cura, tutti i mobili moderni e il legno in una tonalità rosso intenso, e uscì nel corridoio.

Guardò verso la scala a chiocciola.

"John", disse beffardo. "Sei pronto o no?"

I suoi tacchi schioccarono sui gradini lucidi mentre saliva le scale.

Quando si voltò nel corridoio, vide la porta della camera da letto di John aperta.

La luce era accesa ma non faceva ancora rumore.

Poi sentì uno scricchiolio.

'John?'

Il grasso bastardo era probabilmente seduto sul suo trono nel bagno privato.

Gina si lisciò i capelli, abbassò la scollatura ed entrò nella stanza.

Tutto sembrava fermarsi in quel momento.

L'intero corpo di Gina si bloccò.

Sdraiato sul letto, completamente nudo e guardando il soffitto, c'era John, con una pozza di sangue che gli inzuppava le lenzuola e gli tagliava la gola.

Gina urlò.

Una figura scura uscì da dietro la porta e la afferrò, avvolgendole un braccio attorno al collo e mettendosi una mano sulla bocca.

"Non fare alcun rumore o taglierò anche il tuo" disse.

Gina sentì la punta acuta e fredda di un coltello intorno al collo.

'Chi sei?' gemette lei.

"Qualcuno con cui non ti piacerebbe rovinare"

L'uomo strinse la sua presa sul collo con l'avambraccio muscoloso.

'Cosa stai facendo qui?'

"Sono venuto a trovare John".

'Per cosa? '

"Mi ha chiesto di farlo."

'Perché?' chiese l'uomo.

"Solo per vederlo."

Ha schiacciato la trachea di Gina con il braccio, facendola soffocare.

'Perché?' urlare.

"Fare sesso", Gina riuscì a chiacchierare.

Cominciò a tossire quando l'uomo allentò la pressione intorno al collo.

'Sei una prostituta? ' Egli ha detto.

'Non!'

'E allora?'

"Una scorta".

"È lo stesso" disse l'uomo.

Gina non disse nulla, troppo spaventata dal fatto che l'uomo potesse spezzarle il collo o pugnalarla se lo avesse contraddetto.

"Sembra che abbiamo un problema", ha detto.

Si voltò verso il corpo senza vita di John, tenendo saldamente Gina tra il braccio e il petto.

Gina sentì che si sarebbe ammalata vedendo così tanto sangue.

"Ora sei testimone di un omicidio."

Per favore, supplicò Gina.

'Non lo dirò a nessuno. Lasciami andare. '

Capitolo III

Una risata sinistra venne dall'uomo.

"Sicuramente capisci che non sarà così facile."

La paura sparò attraverso il corpo di Gina.

Sentì che l'urina calda cominciava a gocciolare all'interno delle gambe.

Non voleva morire stanotte.

L'uomo le afferrò il braccio con la mano guantata di cuoio e la condusse in bagno.

Chiuse la porta dietro di loro e si girò a guardarla.

Gina fece un passo indietro in un angolo quando vide la sua faccia.

Non si aspettava che fosse uno dei volti più belli che avesse mai visto, ma fu la profonda cicatrice che correva lungo un lato della sua guancia a sorprenderla di più.

E il suo corpo sembrava fatto uccidere, con le spalle del campione di boxe e quello poteva spezzare il collo a metà.

Era un mostro.

La guardò su e giù con duri occhi blu.

"Chi lo sa che sei qui?"

'Nessuno! Per favore, puoi lasciarmi andare e scappare. Ti assicuro che non lo dirò alla polizia.

Si avvicinò a lei con un passo lento e predatore.

'È troppo tardi per quello. Hai già visto la mia faccia. '

'Prometto che non lo dirò. Per favore, né tu né John mi preoccupate, voglio solo andare a casa. Non voglio morire. "Gina scoppiò a piangere.

L'uomo le mise una mano guantata sulla spalla nuda e si avvicinò minacciosamente al suo viso.

Gina sentì l'aria calda dal naso che le sfiorava le guance.

"Ora, ora, ora" fece le fusa. "Perché rovinare questa bella faccia?"

Fece scorrere un lungo dito sulla guancia rigata di lacrime di Gina.

L'intero corpo di Gina si trasformò in ghiaccio quando sentì il suo tocco.

C'era qualcosa di estremamente conflittuale nell'attrazione che provava per il corpo di quest'uomo e nella paura che sentiva di essere bloccata contro il muro da qualcuno che sapeva che poteva facilmente ucciderla.

Si avvicinò e le passò la lingua ruvida sul viso, facendole sentire un brivido attraversarle la pelle.

Non si aspettava cosa sarebbe successo dopo.

La mano guantata dell'uomo scivolò sotto la gonna, le sue lunghe dita sondarono le sue labbra esposte.

"Ragazza cattiva", disse alla sua inaspettata scoperta.

"Per favore ... oh"

L'uomo si era tolto il guanto e un lungo dito carnoso era dentro di lei.

Trovò il clitoride di Gina senza problemi e lo massaggiò, creando un calore che cominciò a diffondersi dentro di lei.

Si passò la lingua sui contorni decisi del collo di Gina allo stesso tempo.

Gina si girò e vide il suo riflesso nello specchio sopra il lavandino.

E vide anche questa alta e strana bestia affondare nel suo collo come un vampiro, con la lama del coltello nella sua mano libera che lampeggiava nella luce alogena come un avvertimento.

Non osava muoversi per paura che avrebbe usato il suo punto acuto contro di lei.

L'uomo si allontanò e fece scorrere lo sguardo sul suo corpo.

C'era una profonda eccitazione in loro come se potesse vedere il suo corpo nudo attraverso i vestiti.

Le sfilò la borsa dalla spalla e la lasciò cadere sul pavimento, mentre un tubetto di rossetto e mutandine rosse si rovesciavano sulle piastrelle.

Afferrò uno dei suoi seni attraverso il suo giubbotto attillato e lo strinse delicatamente, poi passò il dito sul suo capezzolo mentre si sistemava su di esso.

Era stucco nelle sue mani.

"Che cosa hai intenzione di fare con me?" Lei chiese.

"Dato che siamo soli e abbiamo il posto pronto solo per noi, ti darò quello che quel ragazzo laggiù non ti avrà mai dato."

Oh Dio, pensò Gina. Non quello.

Sentendo la sua paura, l'uomo sorrise.

'Non preoccuparti. Una volta che mi sperimenterai nella tua figa, sarai felice che l'altro sia morto.

L'uomo aveva ragione che erano soli.

Senza vicini nelle vicinanze, qualsiasi richiesta di aiuto produrrebbe risultati infruttuosi.

Se ... se fosse d'accordo, avrebbe fatto quello che aveva detto l'uomo, sarebbe potuta uscire di casa viva.

Con tutte le altre probabilità accumulate contro di lei, quale altra scelta aveva oltre a giocare al miglior gioco di ruolo della sua vita?

Quindi prese una decisione.

Stava per fare la migliore performance della sua vita.

E se falliva, aveva un piano di backup.

"Levalo" ringhiò l'uomo, annuendo verso il giubbotto.

Gina ha fatto quello che ha detto.

Quando il giubbotto le scivolò sulla testa, scosse i capelli e fissò il suo corpo.

"Voglio che anche tu ti spogli," disse.

L'uomo emise una risata beffarda.

'Non mi dirai cosa fare. E non sono così stupido come sembra credere. Buttalo giù. ' Annuì verso la gonna di Gina.

Si sbottonò la gonna e se la lasciò cadere sulle gambe, poi gli diede un calcio con il tallone.

Era lì davanti a lui con tacchi e reggiseno e con le labbra vaginali rasate esposte all'aria fresca del bagno.

Alzò gli occhi blu circondati da mascara per lo sguardo penetrante del suo rapitore.

"Com'è dolce e bello", disse, attirando aria attraverso le sue narici. 'Girarsi.'

Gina si voltò e guardò il muro di piastrelle.

Attraverso il riflesso dello specchio, guardò mentre l'uomo si chinava e le accarezzava il cavallo mentre studiava il suo sedere.

Il grosso nodulo che vide sporgere dai pantaloni gli fece capire che era ben dotato.

La fece piegare in avanti, le afferrò i fianchi e le avvicinò il cavallo.

Il grumo duro e grasso ora premeva contro la fessura delle natiche.

La sua mano nuda le toccò il culo e la spinse in avanti, con il coltello ancora saldamente afferrato nell'altra.

Gina lo guardò mentre lo metteva sul bancone vicino al lavandino e cominciò a sbottonarsi i pantaloni.

Guardò il coltello, combattendo l'impulso di afferrarlo.

Ma sapeva di non poter essere così stupida; con le sue dimensioni, l'uomo avrebbe dominato il suo corpicino di un metro e mezzo in pochi secondi. Comunque, era allettante ... molto allettante.

I suoi pantaloni neri caddero a terra rivelando un paio di boxer, anch'essi neri, su enormi cosce muscolose.

La sua erezione salì fino all'orlo, gonfia ed enorme.

Gina deglutì il respiro che quasi le sfuggì dalla bocca.

Come ha potuto ottenere tutto ciò?

Il grosso cazzo era teso contro lo stretto tessuto dei suoi pantaloncini, desideroso di uscire.

Quando l'uomo li tirò giù, la grande testa viola cadde sulle guance di Gina.

L'arto spesso e molto velato era lungo almeno cinque pollici.

L'assassino era un Adone sessuale.

Le afferrò il fianco con la mano ancora guantata e prese il suo cazzo con l'altro, guidandola verso le labbra vaginali di Gina.

Quando sentì il caldo, morbido gallo tra le labbra, Gina rimase a bocca aperta.

E quando lo spinse dentro, le sue ginocchia quasi si piegarono.

Il pene entrò in una profondità audace, pulsando di eccitazione nella sua vagina calda e bagnata.

Colpì un'area all'interno di Gina che non era mai stata penetrata prima, e il suo clitoride traditore iniziò a pompare di eccitazione, l'umidità che si raccoglieva sulle sue labbra e sui suoi muri per accogliere questo eccitante nuovo arrivo.

L'uomo cominciò a spingere, i suoi fianchi forti furono in grado di forzare la durezza delle pareti interne di Gina con una velocità straordinaria.

È stato fantastico.

Afferrò il bordo del bancone del lavandino mentre lui continuava a penetrare nelle sue umide labbra vaginali, colpendole con le palle.

Si tolse l'altro guanto e con le sue mani sorprendentemente grandi e morbide le corse lungo la schiena e le aprì il reggiseno.

Cadde sul pavimento di piastrelle, rilasciando il seno.

Ora indossava i suoi tacchi solo quando l'enorme bestia la colpì da dietro.

Gina lo sentì tirarsi indietro, la sua figa ricevette un attimo di sollievo momentaneo.

Ma non passò molto tempo prima che il suo pene fosse di nuovo dentro di lei, ma questa volta verso il suo culo.

L'enorme cazzo del killer penetrò nelle strette pieghe dell'ano di Gina, lanciando un forte dolore verso di lei che le sparò attraverso.

Per un momento, pensò che non sarebbe stato in grado di sopportare il dolore, i suoi muscoli si strinsero per espellere questo strano oggetto, ma poi si rilassarono quando il dolore iniziò a trasformarsi in piacere.

Gina aveva già fatto sesso anale prima, ma non da un fallo grande come questo.

Il piacere che le era venuto incontro adesso non era paragonabile a quello che aveva provato prima.

Doveva ricordare a se stessa dov'era.

A casa di John viene scopato da un uomo che lo ha appena ucciso.

Il cadavere morto di John, e già alquanto freddo, giaceva a pochi metri di distanza nell'altra stanza come un'orribile effigie del suo ex sé.

Gina sapeva che non sarebbe mai stata in grado di cancellare quell'immagine dalla sua memoria, non importa quanto l'avesse disprezzata.

E cancellerebbe il suo odio per lui se potesse tornare in vita e aiutarla adesso.

Ma c'è qualcosa di strano in ciò che accade quando affronti una minaccia di morte e Gina la stava vivendo per la prima volta in questo bagno in cui era prigioniera.

Un istinto prende il sopravvento, così primordiale che non ti senti più un istinto animale.

E sai che farai di tutto per sopravvivere.

Capitolo IV

L'uomo gli batteva il culo con affondi furiosi, la saliva gli usciva dalla bocca, il suo bel viso arrossato ed eccitato.

I suoni bassi e gutturali che stava facendo avvertirono Gina che stava per venire.

Strinse forte il bordo del bancone.

Le punte delle sue dita diventarono bianche mentre si aggrappava.

"Dannazione" gemette l'uomo.

'Io sto andando a correre'.

E lo fece, e un forte sospiro uscì dalla sua bocca, chiuse gli occhi e chinò la testa indietro ...

E Gina ne ha approfittato.

Lasciò cadere il bancone e afferrò il coltello.

Con un movimento deciso e deciso del braccio, lo immerse nel collo del suo violentatore.

Saltò in piedi e premette la schiena contro il muro, le piastrelle fredde contro la schiena fradicia di sudore.

Con gli occhi spalancati per la paura e la preoccupazione, Gina vide l'uomo in piedi in una posizione statica, soffocando mentre i suoi grandi occhi la fissavano.

Il coltello sporgeva dal suo collo spesso e lucido e il sangue rosso scuro filtrava lungo il colletto del suo cappotto nero.

Il suo cazzo era ancora eretto, una scia luminosa di sperma che pendeva dalla punta.

I suoi occhi sbalorditi rimasero fissi su quelli di Gina mentre la sua bocca si apriva e il sangue si riversava sul labbro inferiore.

Riuscì a gorgogliare la parola "Puttana" prima di crollare all'indietro e schiantarsi contro la porta.

Gina lo guardò per un momento, il suo petto che si alzava e si abbassava, prima di scoppiare in una risata folle. Il suo piano aveva funzionato.

Prima volta. L'aveva visto allo specchio chiudere gli occhi mentre eiaculava, quindi era felice del fatto che avesse reso l'attacco molto più semplice.

Afferrò i suoi vestiti e si vestì rapidamente, questa volta rimettendosi le mutandine.

Afferrò la borsa e prese a calci l'attaccante con la punta acuminata del tallone. Poi gli sputò in faccia.

"È per chiamarmi puttana, figlio di puttana!"

Spinse indietro il corpo in modo da poter aprire la porta.

La parte posteriore del cranio colpì il tappeto con un tonfo mentre apriva la porta.

Camminò in punta di piedi sul corpo intriso di sangue ed entrò nella camera da letto.

Guardò il corpo di John sul letto.

Sangue sul pavimento.

Sangue a letto.

La morte ovunque guardasse.

Era troppo.

Gina corse fuori dalla stanza e scese la scala a chiocciola il più velocemente possibile con i suoi tacchi, con triangoli cremisi che macchiano il pavimento mentre camminava.

In fondo alle scale si fermò, asciugò le lacrime e controllò i suoi pensieri.

Questo stile di vita le aveva rovinato tutto.

L'aveva resa miserabile e cinica con gli uomini.

Aveva riorganizzato il morale.

E quel grasso bastardo morto era uno dei peggiori con i suoi modi corrotti e le sordide fantasie.

Era un modello nella società, ma ha diffuso e infettato tutto ciò che ha toccato con i suoi modi corrotti.

Inclusa lei.

Gli aveva fatto qualcosa che non era.

E ora l'aveva trasformata in un'assassina.

Aveva ucciso per legittima difesa e la merda che giaceva in una pozza del suo stesso sangue meritava tutto ciò che le era successo.

Ma sapeva che non avrebbe mai dimenticato.

Come l'aveva maltrattata come se non fosse altro che una puttana sporca e come il suo corpo l'aveva tradita rispondendo con piacere al tocco delle sue mani sporche e omicide.

Quante vite di altre giovani donne devono aver rovinato questi due?

E quanto soffrivano ancora quelle ragazze?

Non soffrirò più, pensò Gina.

Corse su per le scale e in camera da letto.

La vista dei due cadaveri morti le fece venire voglia di vomitare, ma inghiottì la nausea con un gomito e si avvicinò al letto.

La faccia di John era una maschera di orrore, la sua bocca era nera e aperta come un pesce, gli occhi congelati dal terrore.

Gina distolse lo sguardo e prese il braccialetto d'oro intorno al suo polso tozzo.

C'era un sottile medaglione rettangolare che fissava la catena.

Lo aprì e lesse il numero all'interno: 47689.

Ripetendo il numero sulla testa come un mantra, chiuse il medaglione e allungò una mano nella borsa.

Prese un fazzoletto e si asciugò le impronte digitali dal medaglione.

Diede a John un ultimo sguardo sprezzante prima di voltarsi e correre di sotto.

Corse lungo il corridoio finché non raggiunse lo studio di John e aprì la porta.

Scrutò la stanza finché i suoi occhi non caddero su ciò per cui era venuto.

John è al sicuro.

Si era vantato del suo contenuto in una delle visite di Gina e lei aveva chiesto di sapere cosa c'era dentro.

"Bei gioielli", aveva detto con un sorriso arrogante.

"Vale più di tutta questa casa."

Quindi toccò la catena sul suo polso e si portò il dito sulle labbra. "Shh".

Gina andò alla cassaforte sul muro e compose il numero.

La cassaforte ha cliccato per indicare che poteva essere aperta.

Aprì la porta d'acciaio e guardò dentro.

In cima a una pila di buste marroni c'era un portagioie rosso vellutato.

Gina sentì un nodo allo stomaco.

L'aprì per trovare la collana di diamanti più incredibile che avesse mai visto, con le sue pietre meravigliosamente realizzate scintillanti di effetto cinematografico.

"Vale più di tutta questa casa", sussurrò a se stessa.

Abbastanza per pagare tutti i tuoi debiti e altro ancora.

Con il cuore che le batteva nel petto, chiuse il coperchio e mise il portagioie nella borsa.

Quindi chiuse la cassaforte e si strofinò il fazzoletto sulle sue possibili tracce.

Si affrettò fuori dallo studio e percorse il corridoio fino alla porta d'ingresso, controllando che i suoi tacchi non avessero lasciato impronte incriminanti su di lei sulle sue tavole lucide.

Non tuo.

Aprì la porta di casa.

L'aria fresca e dolce le colpì le guance mentre entrava nella notte e il peso della presenza in casa le scivolò istantaneamente dalle spalle.

Finalmente libera, corse lungo la strada sterrata e saltò in macchina, gettando la borsa sul sedile del passeggero.

Lasciò cadere la testa sul volante ed emise un grido profondo e gutturale.

Esausta ed esausta, allungò una mano nella borsa e tirò fuori il telefono.

Compose il 911.

"La polizia, per favore, ho appena ucciso un uomo".

FINE